정호승

ⓒ조용철

1950년 경남 하동에서 태어나 대구에서 성장했다. 경희대 국문과와 동대학원을 졸업했다. 1973년 대한일보 신춘문예에 시가 당선돼 작품활동을 시작했으며, '반시反詩' 동인으로 활동했다.

시집 『슬픔이 기쁨에게』 『서울의 예수』 『새벽편지』 『별들은 따뜻하다』 『사랑하다가 죽어버려라』 『외로우니까 사람이다』 『눈물이 나면 기차를 타라』 『이 짧은 시간 동안』 『포옹』 『밥값』 『여행』 『나는 희망을 거절한다』 『당신을 찾아서』, 시선집 『흔들리지 않는 갈대』 『내가 사랑하는 사람』 『수선화에게』, 영한시집 『부치지 않은 편지』 『꽃이 져도 나는 너를 잊은 적 없다』, 산문집 『내 인생에 힘이 되어준 한마디』 『내 인생에 용기가 되어준 한마디』 『당신이 없으면 내가 없습니다』 『외로워도 외롭지 않다』 등이 있다.

소월시문학상, 정지용문학상, 편운문학상, 가톨릭문학상, 상화시인상, 공초문학상 등을 수상했다.

KB024451

강병인쓰다02

‘강병인 쓰다’

시는 견고합니다.
껍질이 단단해서 도무지 빈틈을 내어주지 않습니다.
수없는 고통을 이겨내며 나왔으니 그럴 수밖에 없습니다.

비집고 비집어 틈을 열어 글씨의 씨앗을 심어보려 하지만
오히려 더 굳게 문을 닫아버립니다.

읽고 또 읽고
쓰고 또 쓰고
두드리고 또 두드리고

마침내 조그마한 틈이 생기고 나는 글씨를 하나둘
심기 시작했습니다.
들어오고 나아가고 올라가고 내려가다 멈추고 서 있기를
반복하는 시간,
결국 뜻과 소리를 드러내며 제 모양으로 자라는 글자들.

시는 글자가 되고, 글자는 글씨가 되고 마는 순간입니다.
얼마나 기다렸던 일인가요.

글씨가 있는 시.

시가 가지고 있는 감정들
시어 속에 숨겨진 이야기들
활자로는 전달되거나 표상되지 않는 이야기들
획 하나하나에 스며들고 입체적으로 일어나
또 다른 시어가 되길 바라는 간절함으로 글씨를 썼습니다.

저 옛날 왕희지가 난정서를 썼듯이.
추사를 따르는 이들이 인왕산 아래 송석원에 모여
시를 짓고 글씨를 쓰며 그림을 그렸듯이.

정호승 시를 강병인 쓰다
꽃 지는 저녁

초판 1쇄 발행 2020년 11월 12일
초판 2쇄 발행 2022년 5월 30일

지은이 정호승
글 씨 강병인
펴낸이 정해종
편 집 정명효
디자인 유혜현

펴낸곳 ㈜파람북
출판등록 2018년 4월 30일 제2018-000126호
주소 서울특별시 마포구 토정로 222 한국출판콘텐츠센터 303호
전자우편 info@parambook.co.kr **인스타그램** @param.book
페이스북 www.facebook.com/parambook/
네이버 포스트 m.post.naver.com/parambook
대표전화 (편집) 02-2038-2633 (마케팅) 070-4353-0561

ISBN 979-11-90052-45-0 03810
책값은 뒤표지에 있습니다.

이 책은 저작물 저작권법에 따라 보호받는 저작물이므로 무단 전재와 복제를 금하며,
이 책 내용의 전부 또는 일부를 이용하시려면 반드시 저작권자와 ㈜파람북의 서면 동의를 받아야 합니다.
이 도서의 국립중앙도서관 출판시도서목록(CIP)은 서지정보유통지원시스템 홈페이지(http://seoji.nl.go.kr)와
국가자료공동목록시스템(http://www.nl.go.kr/kolisnet)에서 이용하실 수 있습니다.(CIP 제어번호: CIP2020045570)

북디자인 | 이승욱

꽃 지는 저녁

정호승 시를
강병인 쓰다

파람북

서문

묵향 가득한 자연의 글씨

시는 언어를 도구로 하고 언어는 문자를 도구로 한다.
따라서 시는 문자가 없으면 존재할 수 없다.
문자는 시의 생명이다. 나는 한국인이므로 한글 문자로
시를 쓴다. 한글이 존재하지 않으면 시인으로서의
내 존재 가치는 사라진다.

서예가이자 캘리그래퍼인 강병인 선생이 이번에
한글 속에 있는 모성적 자연의 글씨를 통해
내 존재의 가치를 드높여주셨다.
부족함이 많은 내 시가 캘리그래피를 통해 맑고 은은한
묵향의 다양한 향기의 옷을 입고 다시 태어난 것이다.
침묵인 시로 하여금 말을 하게 하고, 드러내지 않으려고
애를 쓰는 시로 하여금 그 깊은 내면을 드러내게 함으로써
이 시집에는 고유한 한글의 묵향 향기가 가득하다.

나는 강병인 선생과 일찍이 귀한 인연이 있다.
2003년에 발간된 내 시선집 『내가 사랑하는 사람』의

제목 글씨를 써주셨다. 그 오랜 인연이 다시 인연을 낳아 이번 시집에서도 시에 새로운 생명의 입김을 불어넣어 주셨으니 이 얼마나 감사한 일인가.

묵향이 그윽한 캘리그래피로 시를 읽는 독자들의 마음 또한 봄날의 꽃향기와 같은 묵향의 향기가 가득하리라.

정호승

붓이 울고 글씨가 운다 한들

'강병인 쓰다' 둘째 권은
정호승 시인의 시입니다.

"울지 마라. 외로우니까 사람이다"

누구나 한 번쯤 듣고 읽어 보았을 정호승 선생님의 시
〈수선화에게〉 첫 구절입니다.
아, 이 얼마나 가슴 떨리게 하는 시구인지 모르겠습니다.
이렇게 가슴 절절한 시구를 도대체 어떻게 글씨로
담아낼 것인가.
내가 울어야 할까. 붓이 울고 글씨가 운다 한들
가당키나 할까.

정호승 선생님의 시는 절망 속에서도 희망을 노래하고 있습니다.
저는 글씨도 마땅히 그러해야 한다고 생각해 왔습니다.
세상의 모든 슬픔도 기꺼이 담아내야 하지만,
사랑도 기쁨도, 희망 또한 온전히 담아내야 하는 숙명.

그러니 끊임없이 자신을 달구어 마침내 드러나는 기운생동 없이는 불가능한 일임을 잘 알고 있습니다.

문자향서권기文字香書卷氣.
추사 선생은 팔뚝 밑에 만 권의 책을 묻어두어야 비로소 가능하다고 했습니다.

지난봄을 다시금 생각합니다.
작업실 작은 마당에 핀 매화는 이미 떨어지고, 진달래는 고개를 숙이고 깊은 사색에 들어갔을 즈음, 숨죽이고 있던 글씨들이 하나씩 하나씩 피어나기 시작했습니다.

누워있던 노란 애기똥풀 글자가 어느새 일어나 '또오오오옹~'하며 똥을 누고 있습니다.

'살아간다는 것은 외로움을 견디는 일'이기에 '외'자는 제 홀로 앉아 저 먼 곳을 바라보는 모습으로 다시 태어났습니다.

그렇다고 단박에 완성에 이르지는 못했습니다. 부족했습니다.
그 부족함을 채우기 위해 불청객 코로나19와 함께 읽고 쓰고
읽고 다시 쓰기를 반복했습니다.

시를 글씨로 옮기는 동안 수많은 망상과 공상이
동원되었습니다.
시와 수많은 교신을 시도하며 마침내 교감이 이루어지길
바랐습니다.
그러면서 이 글씨를 읽는 독자들 또한 저와 같은 망상과
공상으로 시인의 시와 교감이 일어나길 바랐습니다.

그러한 장치들로 몇몇 곳에 글씨들을 비워두었습니다.
어떤 경우에는 초성만을 쓰고 중성을 비우고, 또 종성을
비웠습니다.
시와 독자, 글씨 사이의 교감을 이끌어내기 위한
의도에서였습니다.
'비움'은 때론 '채움'보다 월등한 소통의 장치가 되기도
합니다.

그렇다고 모든 것을 비워 둔 것은 아닙니다.
〈여행〉이라는 시의 핵심은 '마음'이라 여겼습니다.
심장의 중심을 향해 달려 들어가는 여행자의 기억 저 너머로
글자들은 스스로 증식하고 뒤집기를 합니다.
같은 꼴 'ㅁ'은 순간적으로 한 무리로 합쳐져 또 다른 여행을
꿈꾸고 있습니다.
'몸'이라는 글자도 마찬가지입니다.
'ㅁ'이 더 큰 'ㅁ' 안으로 들어가 하나의 몸을 이루며
뜨거운 사랑을 나누는 순간입니다.
큰 틀 'ㅁ' 안에 가두어져 자유를 박탈당한 것 같지만,
하늘로 솟아오르면 몸은 언제든 자유가 됩니다.

어느 인터뷰에서 정호승 선생님의 글을 읽다 보니
그의 생각과 나의 생각이 같은 지점에 있음을 느끼며
위로받았습니다.
"모든 인간에게서 신을 본다"라는 마더 테레사 수녀님의
말을 인용해 '신'자의 'ㄴ'을 떼고, "모든 인간에게서
시를 본다"라고 하신 내용입니다.

문정희 선생님의 시를 작업한 경험이 쌓였으니
두 번째 작업은 조금 수월할 줄로 여겼습니다.
그러나 그것은 착각이었고, 오히려 더 큰 어려움으로
다가왔습니다.

그 어려움 속에서도 얼마나 행복했는지 모르겠습니다.
아름다운 시의 바다에서 글씨와 더불어 마음껏 뛰어다니고
날아오르며 놀았으니 말입니다.

귀한 시를 글씨로 옮기게끔 허락해주신 정호승 선생님께
감사드립니다.

세종 나신 인왕산 아래에서
영묵 강병인

꽃이 진다고 아예 다 지나
꽃이 진다고 전화도 없나
꽃이 져도 나는 너를 잊은 적 없다.
지는 꽃의 마음을 아는 이가
꽃이 진다고 저만 외롭나
꽃이 져도 나는 너를 잊은 적 없다
꽃 지는 저녁에는 배도 고파라

정호승 시 꽃지는 저녁을 영묵 쓰다

꽃 지는 저녁

꽃이 진다고 아예 다 지나
꽃이 진다고 전화도 없나
꽃이 져도 나는 너를 잊은 적 없다
지는 꽃의 마음을 아는 이가
꽃이 진다고 저만 외롭나
꽃이 져도 나는 너를 잊은 적 없다
꽃 지는 저녁에는 배도 고파라

보라
내가 뿌리를 내린 절벽 위에
노란 애기똥풀이 서로 마주앉아
웃으며 똥을 누고 있다

나도 그 옆에 가 등을 누이며
울음을 나눈다

너의 뿌리가 되기 위하여
예수의 못자국은 보이지 않으나
오늘도 상처에서 흐른 피가
뿌리를 적신다

정호승 시 상처는 스승이다 중에서 영묵 쓰다

상처는 스승이다

상처는 스승이다
절벽 위에 뿌리를 내려라
뿌리 있는 쪽으로 나무는 잎을 떨군다
잎은 썩어 뿌리의 끝에 닿는다
나의 뿌리는 나의 절벽이어니
보라
내가 뿌리를 내린 절벽 위에
노란 애기똥풀이 서로 마주앉아 웃으며
똥을 누고 있다
나도 그 옆에 가 똥을 누며 웃음을 나눈다
너의 뿌리가 되기 위하여
예수의 못자국은 보이지 않으나
오늘도 상처에서 흐른 피가
뿌리를 적신다

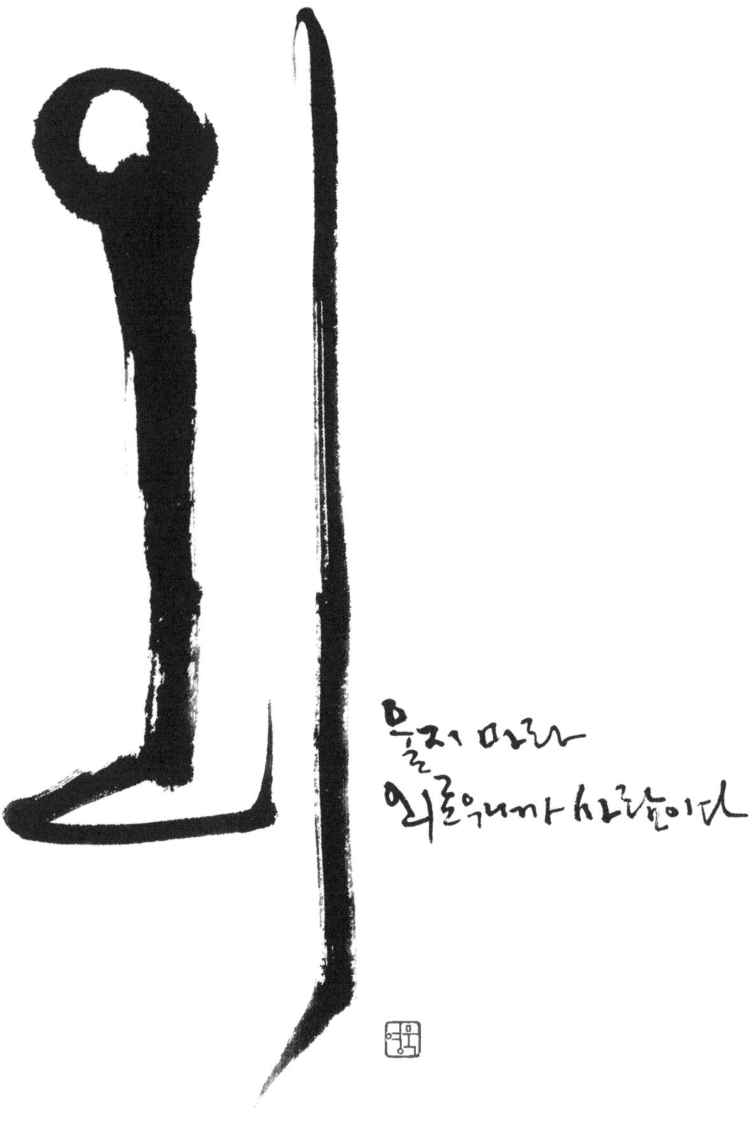
울지 마라
외로우니까 사람이다

살아간다는 것은 외로움을 견디는 일이다
공연히 오지 않는 전화를 기다리지 마라
눈이 오면 눈길을 걸어가고
비가 오면 빗길을 걸어가라

갈대숲에서 가슴검은도요새도
너를 보고 있다
가끔은 하느님도 외로워서 눈물을 흘리신다
새들이 나뭇가지에 앉아 있는 것도
외로움 때문이고
네가 물가에 앉아 있는 것도
외로움 때문이다

산그림자도 외로워서
하루에 한 번씩 마을로 내려온다
종소리도 외로워서 울려퍼진다

정호승 시 수선화에게를 베껴쓴다

수선화에게

울지 마라
외로우니까 사람이다
살아간다는 것은 외로움을 견디는 일이다
공연히 오지 않는 전화를 기다리지 마라
눈이 오면 눈길을 걸어가고
비가 오면 빗길을 걸어가라
갈대숲에서 가슴검은도요새도 너를 보고 있다
가끔은 하느님도 외로워서 눈물을 흘리신다
새들이 나뭇가지에 앉아 있는 것도 외로움 때문이고
네가 물가에 앉아 있는 것도 외로움 때문이다
산그림자도 외로워서 하루에 한 번씩 마을로 내려온다
종소리도 외로워서 울려퍼진다

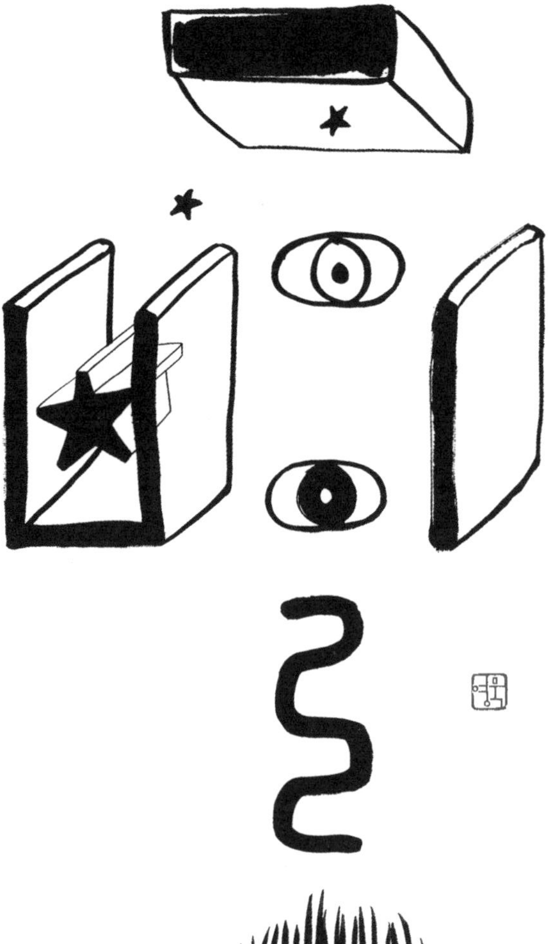

하늘에는 눈이 있다
두려워할 것은 없다
캄캄한 겨울
눈 내린 보리밭길을 걸어가다가
새벽이 지나지 않고 밤이 올 때
내 가난의 하늘 위로 떠오르는
별들은 따뜻하다

나에게
진리의 때는 이미 늦었으나
내가 용서라고 부르던 것들은
모두 거짓이었으나
북풍이 지나간 새벽거리를 걸으며
새벽이 지나지 않고 또 밤이 올 때
내 죽음의 하늘 위로 떠오르는
별들은 따뜻하다

정호승 시 별들은 따뜻하다를 영묵 썼다

별들은 따뜻하다

하늘에는 눈이 있다
두려워할 것은 없다
캄캄한 겨울
눈 내린 보리밭길을 걸어가다가
새벽이 지나지 않고 밤이 올 때
내 가난의 하늘 위로 떠오른
별들은 따뜻하다

나에게
진리의 때는 이미 늦었으나
내가 용서라고 부르던 것들은
모든 거짓이었으나
북풍이 지나간 새벽거리를 걸으며
새벽이 지나지 않고 또 밤이 올 때
내 죽음의 하늘 위로 떠오른
별들은 따뜻하다

길이 끝나는 곳에서도
길이 있다
길이 끝나는 곳에서도
길이 되는 사람이 있다
스스로 봄길이 되어
끝없이 걸어가는 사람이 있다
강물은 흐르다가 멈추고
새들은 날아가 돌아오지 않고
하늘과 땅 사이의 모든 꽃잎은 흩어져도
보라
사랑이 끝난 곳에서도
사랑으로 남아 있는 사람이 있다
스스로 사랑이 되어
한없이 봄길을 걸어가는 사람이 있다

정호승 시 봄길을 영묵쓰다

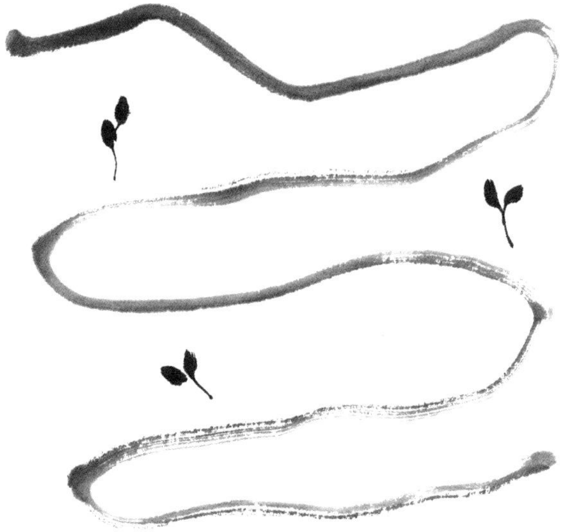

봄길

길이 끝나는 곳에서도
길이 있다
길이 끝나는 곳에서도
길이 되는 사람이 있다
스스로 봄길이 되어
끝없이 걸어가는 사람이 있다
강물은 흐르다가 멈추고
새들은 날아가 돌아오지 않고
하늘과 땅 사이의 모든 꽃잎은 흩어져도
보라
사랑이 끝난 곳에서도
사랑으로 남아 있는 사람이 있다
스스로 사랑이 되어
한없이 봄길을 걸어가는 사람이 있다

결빙의
순간은 뜨겁다

꽝꽝
얼어붙은 겨울강

도도히 흐르는
강물조차

일생에 한번은
모든 흐름을 멈추고

서로 한몸을 이루는
순간은 뜨겁다

정호승 시 결빙을 영묵 쓰다

결빙

결빙의 순간은 뜨겁다
꽝꽝 얼어붙은 겨울 강
도도히 흐르는 강물조차
일생에 한번은
모든 흐름을 멈추고
서로 한몸을 이루는
순간은 뜨겁다

새벽 편지

죽음보다 괴로운 것은 그리움이었다
사랑도 운명이라고 용기도 운명이라고
홀로 남아 있는 용기가 있어야 한다고
오늘도 내 가엾은 발자국 소리는
네 창가에 머물다 돌아가고
별들도 강물 위에 몸을 던졌다

정호승 시 새벽편지를 영묵쓰다

새벽편지

죽음보다 괴로운 것은
그리움이었다

사랑도 운명이라고
용기도 운명이라고

홀로 남아 있는
용기가 있어야 한다고

오늘도 내 가엾은 발자국 소리는
네 창가에 머물다 돌아가고

별들도 강물 위에
몸을 던졌다

풍경소리

운주사 와불님을 뵙고
돌아오는 길에
그대 가슴의 처마끝에
풍경을 달고 돌아왔다
먼데서 바람 불어와
풍경소리 들리면
보고 싶은 내 마음이
찾아간 줄 알아라

정호승 시 풍경 달다를 영묵 쓰다

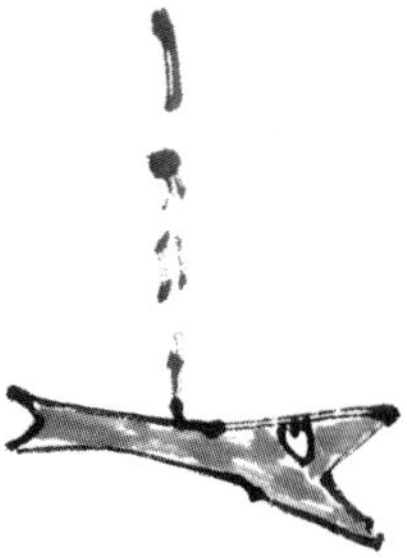

풍경 달다

운주사 와불님을 뵙고
돌아오는 길에
그대 가슴의 처마끝에
풍경을 달고 돌아왔다
먼데서 바람 불어와
풍경 소리 들리면
보고 싶은 내 마음이
찾아간 줄 알아라

하늘의 그물은
성글지만
아무도 빠져나가지
못합니다

다만 가을밤에
보름달 뜨면
어린 새끼들을
데리고
기러기들만
하나 둘 떼 지어
빠져나갑니다

정호승 시 하늘의 그물을 영묵 쓰다

하늘의 그물

하늘의 그물은 성글지만
아무도 빠져나가지 못합니다
다만 가을밤에 보름달 뜨면
어린 새끼들을 데리고 기러기들만
하나 둘 떼지어 빠져나갑니다

인생은 나에게
술 한잔 사주지 않았다
겨울밤 막다른 골목 끝
포장마차에서
빈 호주머니를 털털 털어
나는 몇 번이나 인생에게
술을 사주었으나
인생은 나를 위해 단 한번도
술 한잔 사주지 않았다
눈이 내리는 날에도
돌연꽃 소리없이 피었다
지는 날에도

정호승 시 술한잔을 옮겨쓰다

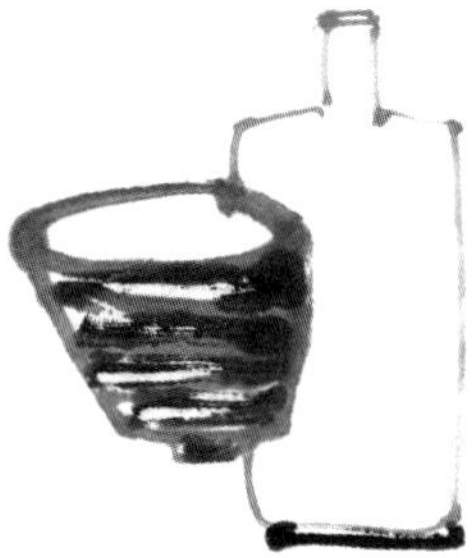

술 한잔

인생은 나에게
술 한잔 사주지 않았다
겨울밤 막다른 골목 끝 포장마차에서
빈 호주머니를 털털 털어
나는 몇 번이나 인생에게 술을 사주었으나
인생은 나를 위해 단 한번도
술 한잔 사주지 않았다
눈이 내리는 날에도
돌연꽃 소리없이 피었다
지는 날에도

나는 그늘이 없는 사람을
사랑하지 않는다
나는 그늘을 사랑하지 않는 사람을
사랑하지 않는다
나는 한 그루 나무의 그늘이 된
사람을 사랑한다
햇빛도 그늘이 있어야
맑고 눈이 부시다
나무 그늘에 앉아
나뭇잎 사이로 반짝이는
햇살을 바라보면
세상은 그 얼마나
아름다운가

정호승 시 내가 사랑하는 사람 중에서 영묵 쓰다

내가 사랑하는 사람

나는 그늘이 없는 사람을 사랑하지 않는다
나는 그늘을 사랑하지 않는 사람을 사랑하지 않는다
나는 한 그루 나무의 그늘이 된 사람을 사랑한다
햇빛도 그늘이 있어야 맑고 눈이 부시다
나무 그늘에 앉아
나뭇잎 사이로 반짝이는 햇살을 바라보면
세상은 그 얼마나 아름다운가

나는 눈물이 없는 사람을 사랑하지 않는다
나는 눈물을 사랑하지 않는 사람을 사랑하지 않는다
나는 한 방울 눈물이 된 사람을 사랑한다
기쁨도 눈물이 없으면 기쁨이 아니다
사랑도 눈물 없는 사랑이 어디 있는가
나무 그늘에 앉아
다른 사람의 눈물을 닦아주는 사람의 모습은
그 얼마나 고요한 아름다움인가

눈물이 나면
기차를 타고 선암사로 가라
선암사 해우소로 가서
실컷 울어라
해우소에 쪼그리고
앉아 울고 있으면
죽은 소나무 뿌리가 기어다니고
목어가
푸른 하늘을 날아다닌다
풀잎들이 손수건을 꺼내
눈물을 닦아주고
새들이 가슴 속으로 날아와 종소리를 울린다
눈물이 나면 걸어서라도
선암사로 가라
선암사 해우소 앞
등 굽은 소나무에 기대어
통곡하라

정호승 시 선암사를 옮겨쓰다

선암사

눈물이 나면 기차를 타고 선암사로 가라
선암사 해우소로 가서 실컷 울어라
해우소에 쪼그리고 앉아 울고 있으면
죽은 소나무 뿌리가 기어다니고
목어가 푸른 하늘을 날아다닌다
풀잎들이 손수건을 꺼내 눈물을 닦아주고
새들이 가슴 속으로 날아와 종소리를 울린다
눈물이 나면 걸어서라도 선암사로 가라
선암사 해우소 앞
등 굽은 소나무에 기대어 통곡하라

사람이 여행하는 곳은
사람의 마음뿐이다
아직도 사람이 여행할 수 있는 곳은
사랑하는 사람의 마음의
오지뿐이다
그러니 사랑하는 이여 떠나라
떠나서 돌아오지 마라
설산의 창공을 나는 독수리들이
유유히 나의 심장을 쪼아
먹을 때까지
쪼아 먹힌 나의 심장이
먼지가 되어
바람에 흩날릴 때까지
돌아오지 마라
사람이 여행할 수 있는 곳은
사람의 마음의 설산뿐이다

정호승 시 여행을 영묵 쓰다

여행

사람이 여행하는 곳은 사람의 마음뿐이다
아직도 사람이 여행할 수 있는 곳은
사랑하는 사람의 마음의 오지뿐이다
그러니 사랑하는 이여 떠나라
떠나서 돌아오지 마라
설산의 창공을 나는 독수리들이
유유히 나의 심장을 쪼아 먹을 때까지
쪼아 먹힌 나의 심장이 먼지가 되어
바람에 흩날릴 때까지
돌아오지 마라
사람이 여행할 수 있는 곳은
사람의 마음의 설산뿐이다

이슬은 사라지는 게 꿈
이 아니다 이슬은 사라
지기를 꿈꾸지 않는다
이슬은 햇살과 한몸이
되기를 바랄 뿐이다 이슬
이 햇살과 한몸이 된 것
을 사람들은 이슬이 사라
졌다고 말한다 나는
한때 이슬을 풀잎의 눈
물이라고 생각했다
때로는 새벽별의 눈물
이라고 생각했다 그러
나 이슬은 울지 않는다
햇살과 한몸을 이루는
기쁨만 있을 뿐 이슬에
게는 슬픔이 없다

정호승 시 이슬의 꿈을 연묵쓰다

이슬의 꿈

이슬은 사라지는 게 꿈이 아니다
이슬은 사라지기를 꿈꾸지 않는다
이슬은 햇살과 한몸이 되기를 바랄 뿐이다
이슬이 햇살과 한몸이 된 것을
사람들은 이슬이 사라졌다고 말한다
나는 한때 이슬을 풀잎의 눈물이라고 생각했다
때로는 새벽별의 눈물이라고 생각했다
그러나 이슬은 울지 않는다
햇살과 한몸을 이루는 기쁨만 있을 뿐
이슬에게는 슬픔이 없다

어느날 썩은 내 가슴을 조금 파보았다
흙이 조금 남아 있었다
그 흙에 꽃씨를 심었다

어느날 꽃씨를 심은 내 가슴이
너무 궁금해서 조금 파보려 하다가
봄비가 와서 그만 두었다

정호승 시 봄비를 영묵 쓴다

봄비

어느날
썩은 내 가슴을
조금 파보았다
흙이 조금 남아 있었다
그 흙에
꽃씨를 심었다

어느날
꽃씨를 심은 내 가슴이
너무 궁금해서
조금 파보려고 하다가
봄비가 와서
그만두었다

밤늦도록 술을 먹지 말고 밥을 먹어라
돈은 평생 낙엽처럼 보거라
늘 들고 다니는
길고 내려놓지 않는
잣대는 내려놓고
가슴 속에 한 가지 그리움을 품어라
마음 한번 잘 먹으면
북두칠성도 굽어보신다
봄이 오면 눈 녹은 물에 눈을 씻고
쑥과 쑥부쟁이라도 구분하고
가끔 친구들과 막걸리나 마시고
소나무 아래 잠들어라

정호승 시 어느 소나무의 말씀을 옮겨 쓰다

어느 소나무의 말씀

밥그릇을 먹지 말고 밥을 먹거라
돈은 평생 낙엽처럼 보거라
늘 들고 다니는
결코 내려놓지 않는
잣대는 내려놓고
가슴 속에 한가지 그리움을 품어라
마음 한번 잘 먹으면 북두칠성도 굽어보신다
봄이 오면 눈 녹은 물에 눈을 씻고
쑥과 쑥부쟁이라도 구분하고
가끔 친구들과 막걸리나 마시고
소나무 아래 잠들어라

벗이여
이제 나를 욕하더라도
올 봄에는
저 새 같은 놈
저 나무 같은 놈이라고 욕을 해다오

봄비가 내리고
먼 산에 진달래가 만발하면
벗이여
이제 나를 욕하더라도
저 꽃 같은 놈
저 봄비 같은 놈이라고 욕을 해다오

나는 때때로 잎보다 먼저 피어나는
꽃 같은 놈이 되고 싶다

정호승 시 벗에게 부탁함을 영복 씀

벗에게 부탁함

벗이여
이제 나를 욕하더라도
올 봄에는
저 새 같은 놈
저 나무 같은 놈이라고 욕을 해다오
봄비가 내리고
먼 산에 진달래가 만발하면
벗이여
이제 나를 욕하더라도
저 꽃 같은 놈
저 봄비 같은 놈이라고 욕을 해다오
나는 때때로 잎보다 먼저 피어나는
꽃 같은 놈이 되고 싶다

천년 바람 사이로
고요히
폭설이 내릴 때
내가 폭설을 너무 힘껏 껴안아
내 팔이 뚝뚝 부러졌을 뿐
부러져도 그대로 아름다울 뿐
아직
단 한번도 폭설에게
상처받은 적 없다

정호승 시 설해목을 명묵쓰다

설해목

천년 바람 사이로
고요히
폭설이 내릴 때
내가 폭설을 너무 힘껏 껴안아
내 팔이 뚝뚝 부러졌을 뿐
부러져도 그대로 아름다울 뿐
아직
단 한번도 폭설에게
상처받은 적 없다

찾아가보니 찾아온 곳 없네
돌아와보니 돌아온 곳 없네
다시 떠나가보니 떠나온 곳 없네
살아도 산 것이 없고
죽어도 죽은 것이 없네
해미가 깔린 새벽녘
태풍이 지나간 허허바다에
겨자씨 한 알 떠 있네

정호승 시 허허바다를 옮겨 썼다

허허바다

찾아가보니 찾아온 곳 없네
돌아와보니 돌아온 곳 없네
다시 떠나가보니 떠나온 곳 없네
살아도 산 것이 없고
죽어도 죽은 것이 없네
해미가 깔린 새벽녘
태풍이 지나간 허허바다에
겨자씨 한 알 떠 있네

사막에서는
흐르는 강물처럼 살지 말고

어딘가에 고여 있는
작은 우물처럼 살아야 한다고

누군가에게 마음을 빼앗겨야
사막을 움직일 수 있다고

모래도 한때는 별이었다고
사랑하면 더 많은 별이 보인다고

살아가노라면 모래에도
착한 끝은 있다고

허시야 제 낡은 지프차를 타고
고비사막의 길 없는 길을 달려갈 때

모래 지평선 너머로
지는 해를 등에 지고

홀로 걸어가던
어린 낙타 한 마리

정호승 시 어린낙타를 영복 씀

어린 낙타

사막에서는
흐르는 강물처럼 살지 말고
어딘가에 고여 있는
작은 우물처럼 살아야 한다고
누군가에게 마음을 빼앗겨야
사막을 움직일 수 있다고
모래도 한때는 별이었다고
사랑하면 더 많은 별이 보인다고
살아가노라면 그래도
착한 끝은 있다고
러시아제 낡은 지프차를 타고
고비사막의 길 없는 길을 달릴 때
먼 지평선 너머로
지는 해를 등에 지고
홀로 걸어가던
어린 낙타 한 마리

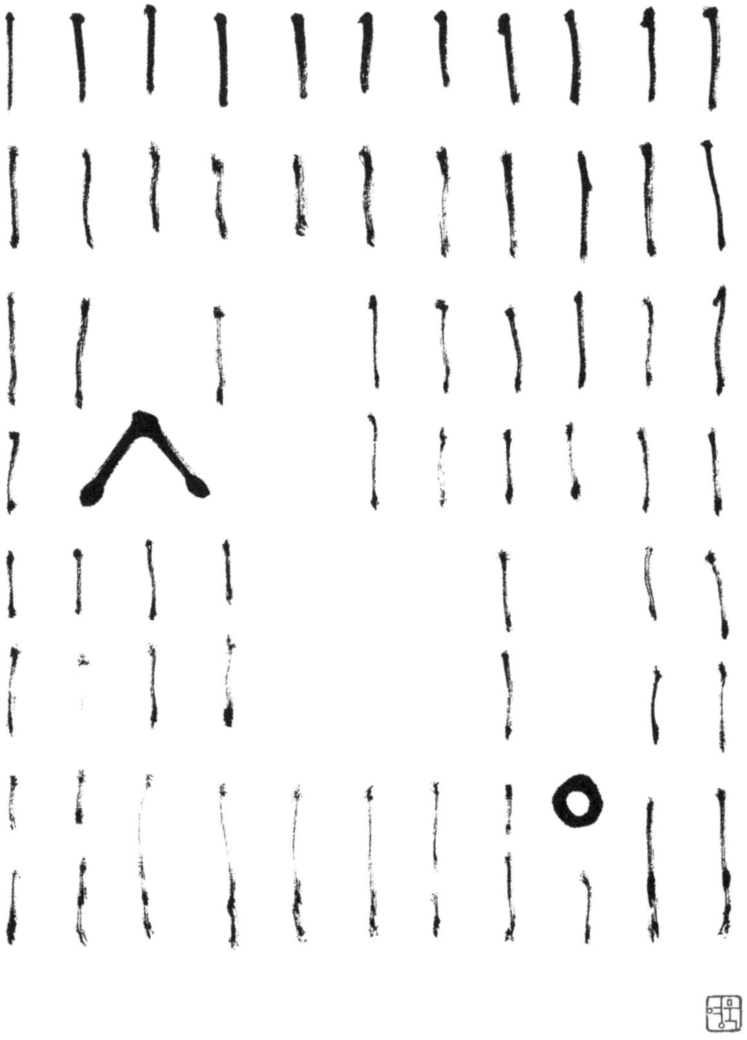

어느 산 밑
허물어진
폐지더미에
비 내린다
폐지에 적힌
수많은 글씨들
폭우에 젖어
사라진다
그러나
오직 단 하나
사랑이라는 글씨만은
모두 비에 젖지
않는다
사라지지 않는다

이호승 시 폐지를 영묵 쓰다

폐지 廢紙

어느 산 밑
허물어진 폐지더미에 비 내린다
폐지에 적힌 수많은 글씨들
폭우에 젖어 사라진다
그러나 오직 단 하나
사랑이라는 글씨만은 모두
비에 젖지 않는다
사라지지 않는다

풀잎은 쓰러져도 하늘을 보고
꽃 피기는 쉬워도 아름답긴 어려워라

시대의 새벽길 홀로 걷다가
사랑과 죽음의 자유를 만나
언 강바람 속으로
무덤도 없이
세찬 눈보라 속으로 노래도 없이
꽃잎처럼 흘러 흘러 그대 잘 가라

그대 눈물 이제 곧 강물 되리니
그대 사랑 이제 곧 노래 되리니
산을 입에 물고 나는

눈물의 작은 새여
뒤돌아보지 말고 그대 잘 가라

정호승 시 부치지 않은 편지를 옮겨쓰다

부치지 않은 편지

풀잎은 쓰러져도 하늘을 보고
꽃 피기는 쉬워도 아름답긴 어려워라
시대의 새벽길 홀로 걷다가
사랑과 죽음의 자유를 만나
언 강바람 속으로 무덤도 없이
세찬 눈보라 속으로 노래도 없이
꽃잎처럼 흘러흘러 그대 잘 가라
그대 눈물 이제 곧 강물 되리니
그대 사랑 이제 곧 노래 되리니
산을 입에 물고 나는
눈물의 작은 새여
뒤돌아보지 말고 그대 잘 가라

부디 너만이라도 비굴해지
지 말기를 강한 바닷바람과
햇볕에 온몸을 맡긴 채 꾸덕
꾸덕 말라가는 청춘을 견디기
힘들지라도 오직 너만은 굽실
굽실 비굴의 자세를 지니지 않
기를 무엇보다도 별을 바라보면
서 비굴한 눈빛으로 바라보지 말
기를 돈과 권력 앞에 비굴해
지는 인생은 굴비가 아니다
내 너를 굳이 천일염에 정성
껏 절인 까닭을 알겠느냐

정호승 시 굴비에게를 영묵 쓰다

굴비에게

부디 너만이라도 비굴해지지 말기를
강한 바닷바람과 햇볕에 온몸을 맡긴 채
꾸덕꾸덕 말라가는 청춘을 견디기 힘들지라도
오직 너만은 굽실굽실 비굴의 자세를 지니지 않기를
무엇보다도 별을 바라보면서
비굴한 눈빛으로 바라보지 말기를
돈과 권력 앞에 비굴해지는 인생은 굴비가 아니다
내 너를 굳이 천일염에 정성껏 절인 까닭을 알겠느냐

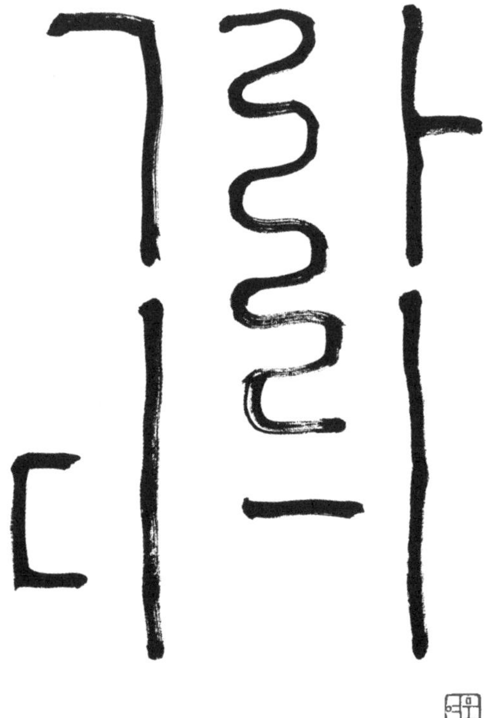

흔들리지 않는 갈대가 되리
겨울강 강언덕에 눈보라 몰아쳐도
눈보라에 으스스 내 몸이 쓰러져도
흔들리지 않는 갈대가 되리
새들은 날아가 돌아오지 않고
강물은 흘러가 흐르지 않아도
끝끝내 흔들리지 않는 갈대가 되어
쓰러지면 일어서는 갈대가 되어
청산이 소리치면 소리쳐 울리

정호승 시 겨울강에서를 영욱 쓰다

겨울강에서

흔들리지 않는 갈대가 되리
겨울강 강언덕에 눈보라 몰아쳐도
눈보라에 으스스 내 몸이 쓰러져도
흔들리지 않는 갈대가 되리
새들은 날아가 돌아오지 않고
강물은 흘러가 흐느끼지 않아도
끝끝내 흔들리지 않는 갈대가 되어
쓰러지면 일어서는 갈대가 되어
청산이 소리치면 소리쳐 울리

햇살

이른아침에
먼지를볼수있게해주셔서
감사합니다

이제는내가
먼지에불과하다는것을
알게해주셔서감사합니다

그래도먼지가된나를
하루종일
찬란하게비춰주셔서감사합니다

정호승 시 햇살에게를 옮겨쓰다

햇살에게

이른 아침에
먼지를 볼 수 있게 해주셔서 감사합니다
이제는 내가
먼지에 불과하다는 것을 알게 해주셔서 감사합니다
그래도 먼지가 된 나를
하루 종일
찬란하게 비춰주셔서 감사합니다

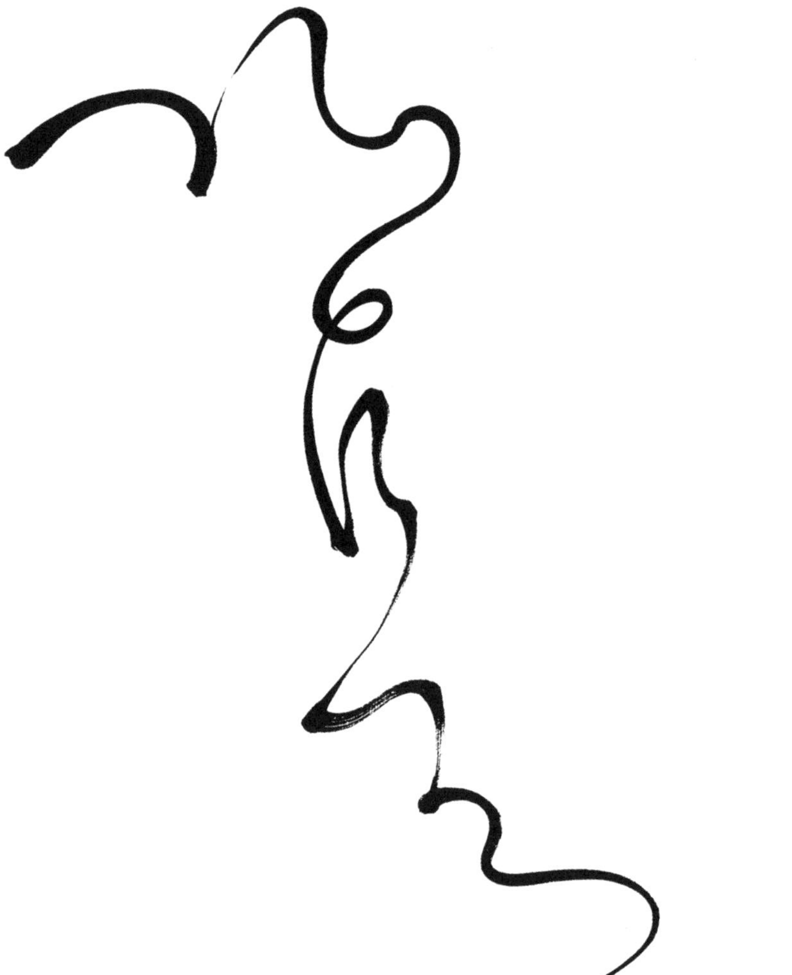

그대로 두어라 흐르는 것이 물이다
사랑의 용서도 용서하는 자도 구하지 말고
청춘도 청춘의 돌무덤도 돌아보지 말고
그대로 두어라 흐르는 것이 길이다
흐느끼는 푸른 댓잎을 하나
슬기로운 붉은 낙조를 하나
강의 중심을 향해 흘러가면 그뿐
그동안 강물을 가로막고 있었던 것은
내가 아니었다 절망이었다
그동안 나를 가로막고 있었던 것은
강물이 아니었다 희망이었다

정호승 시 강물을 영묵 쓰다

강물

그대로 두어라 흐르는 것이 물이다
사랑의 용서도 용서함도 구하지 말고
청춘도 청춘의 돌무덤도 돌아보지 말고
그대로 두어라 흐르는 것이 길이다
흐느끼는 푸른 댓잎 하나
날카로운 붉은 난초잎 하나
강의 중심을 향해 흘러가면 그뿐
그동안 강물을 가로막고 있었던 것은
내가 아니었다 절망이었다
그동안 나를 가로막고 있었던 것은
강물이 아니었다 희망이었다

너에게는 우연이나
나에게는 숙명이다
우리가 죽기 전에 만나는 일이
이 얼마나 아름다우냐
나는 네가 흘렸던
분노의 눈물을 잊지 못하고
너는 가장 높은
나뭇가지 위에 앉아
길 떠나는 나를 내려다본다
또다시 용서해야 할 일과
증오해야 할 일을 위하여
오늘도 기도하는 새의
손등 위에 내린 너

정호승 시 첫눈을 옮겨쓰다

첫눈

너에게는 우연이나
나에게는 숙명이다
우리가 죽기 전에 만나는 일이
이 얼마나 아름다우냐
나는 네가 흘렸던
분노의 눈물을 잊지 못하고
너는 가장 높은 나뭇가지 위에 앉아
길 떠나는 나를 내려다본다
또다시 용서해야 할 일과
증오해야 할 일을 위하여
오늘도 기도하는 새의
손등 위에 내린 너

내 마음은 연약하나 껍질은 단단하다
내 껍질은 연약하나 마음은 단단하다
사람들이 외롭지 않으면 길을 떠나지 않듯이
달팽이도 외롭지 않으면 길을 떠나지 않는다

이제 막 기울기 시작한 달은 차돌같이 차다
나의 길은 어느새 풀잎에 젖어 있다
손에 주전자를 들고 아침이슬을 밟으며
내가 가야 할 길 앞에서 누가 오고 있다

죄없는 소년이다
소년이 무심코 나를 밟고 간다
아마 아침이슬인 줄 알았나 보다

정호승 시 달팽이를 옮겨쓰다

달팽이

내 마음은 연약하나 껍질은 단단하다
내 껍질은 연약하나 마음은 단단하다
사람들이 외롭지 않으면 길을 떠나지 않듯이
달팽이도 외롭지 않으면 길을 떠나지 않는다

이제 막 기울기 시작한 달은 차돌같이 차다
나의 길은 어느새 풀잎에 젖어 있다
손에 주전자를 들고 아침이슬을 밟으며
내가 가야 할 길 앞에서 누가 오고 있다

죄없는 소년이다
소년이 무심코 나를 밟고 간다
아마 아침이슬인 줄 알았나 보다

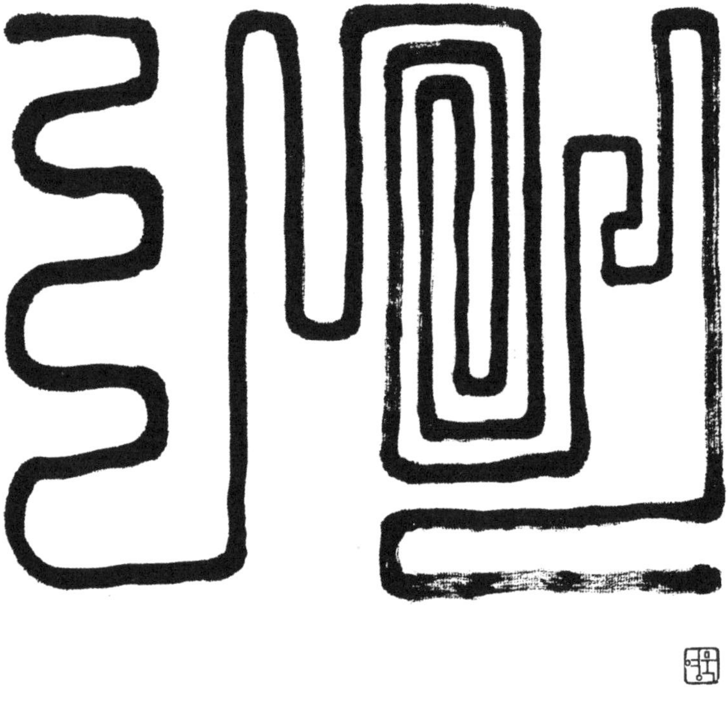

라면 한 그릇은 거룩하지
슬픈 인생의 어느 한 때
스스로 라면을 혼자 끓여먹고
울지 않는 사람은 거룩하지
비록 몸은 야위고 말라비틀어져 있어도
마음은 물과 불을 만나면
거룩함이 배고픔의 꽃을 피우지
사람들은 서로가 서로를 빼앗아 먹어도
라면은 서로 빼앗아 먹지 않지
나는 가끔 꿈속에서도
라면을 혼자 끓여먹으며 울지
내가 끓인 라면 한 그릇
부처님께 바치듯 당신에게 높이 바치고
혼자 울 때가 있지

정호승 시 라면 한 그릇을 옮겨쓰다

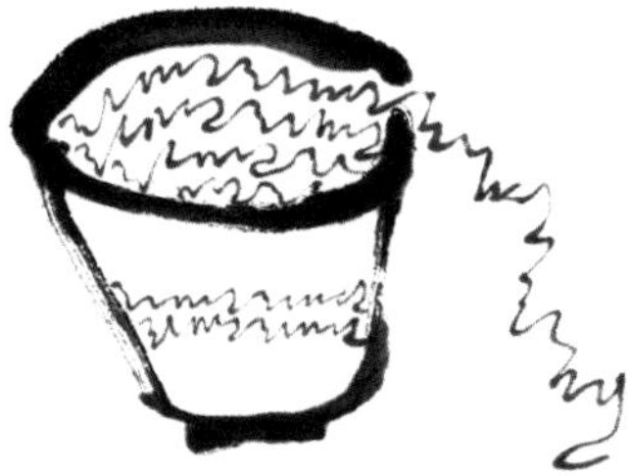

라면 한 그릇

라면 한 그릇은 거룩하지
슬픈 인생의 어느 한때
스스로 라면을 혼자 끓여먹고
울지 않는 사람은 거룩하지
비록 몸은 야위고 말라비틀어져 있어도
맑은 물과 불을 만나면
거룩함이 배고픔의 꽃을 피우지
사람들은 서로가 서로를 빼앗아 먹어도
라면은 서로 빼앗아 먹지 않지
나는 가끔 꿈속에서도
라면을 혼자 끓여먹으며 울지
내가 끓인 라면 한 그릇
부처님께 바치듯 당신에게 높이 바치고
혼자 울 때가 있지

사다리를타고지붕위에올라가
사다리를버린사람은별이되었다
나는사다리를버리지도못하고
내려가지도못하고
엄마가밥먹으러오라고부르시는데도
지붕위에앉아
평생밤하늘별만바라본다

정호승 시 별을 영묵쓰다

별

사다리를 타고 지붕 위에 올라가
사다리를 버린 사람은 별이 되었다
나는 사다리를 버리지도 못하고
내려가지도 못하고
엄마가 밥 먹으러 오라고 부르시는데도
지붕 위에 앉아
평생 밤하늘 별만 바라본다

지는 저녁해를 바라보며
오늘도 그대를 사랑하였
습니다 날저문 하늘에 별
들은 보이지 않고 잠든 세
상밖으로 새벽달 빈길에
뜨면 사랑과 어둠의 바닷
가에 나가 저무는 섬 하나
떠올리며 울었습니다 외
로운 사람들은 어디론가
사라져서 해마다 첫눈
으로 내리고 새벽보다 깊
은 새벽 섬 기슭에 앉아 오
늘도 그대를 사랑하는 일
보다 기다리는 일이 더 행
복하였습니다

정호승 시
또 기다리는 편지를 여울 쓴다

또 기다리는 편지

지는 저녁해를 바라보며
오늘도 그대를 사랑하였습니다
날 저문 하늘에 별들은 보이지 않고
잠든 세상 밖으로 새벽달 빈 길에 뜨면
사랑과 어둠의 바닷가에 나가
저무는 섬 하나 떠올리며 울었습니다
외로운 사람들은 어디론가 사라져서
해마다 첫눈으로 내리고
새벽보다 깊은 새벽 섬기슭에 앉아
오늘도 그대를 사랑하는 일보다
기다리는 일이 더 행복하였습니다

스님이 취했으면 이제 잔을 놓고
가을 폭포를 가서 몸을 던져라
곧은 폭포의 물줄기를
가늘게 굽었다 휘어졌다
휘어져 굽은 폭포가
더 아름다운 밤
초승달도 가을 폭포에 걸리었다

정호승 시 가을폭포 중에서 영목 쓰다

가을폭포

술을 마셨으면 이제 잔을 놓고 가을폭포로 가라
가을폭포는 낙엽이 질 때마다 점점 더 깊은 산 속으로 걸어들어가
외로운 산새의 주검 곁에 누워 한 점 첫눈이 되기를 기다리나니
술이 취했으면 이제 잔을 놓고 일어나 가을폭포로 가라
우리의 가슴속으로 흐르던 맑은 물소리는 어느덧 끊어지고
삿대질을 하며 서로의 인생을 욕하는 소리만 어지럽게 흘러가
마음이 가난한 물고기 한 마리
폭포의 물줄기를 박차고 튀어나와 푸른 하늘 위에 퍼덕이나니
술이 취했으면 이제 잔을 놓고 가을폭포로 가서 몸을 던져라
곧은 폭포의 물줄기도 가늘게 굽었다 휘어진다
휘어져 굽은 폭포가 더 아름다운 밤
초승달도 가을폭포에 걸리었다

사람들은 때때로
수평선이 될 때가 있다

사람들은 때때로
수평선 밖으로 뛰어내릴 때가 있다

밤이 지나지 않고 새벽이 올 때
어머니를 땅에 묻고 산을 내려올 때

스스로 사랑이라고 부르던 것들이
모두 증오일 때

사람들은 때때로
수평선 밖으로 뛰어내린다

정호승 시 수평선을 옮겨쓰다

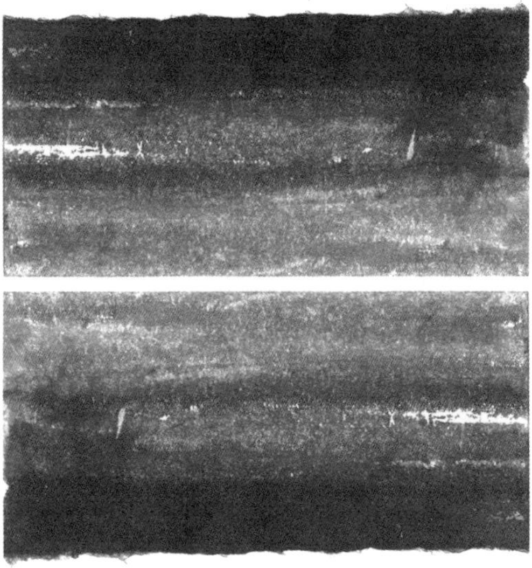

삶

사람들은 때때로
수평선이 될 때가 있다

사람들은 때때로
수평선 밖으로 뛰어내릴 때가 있다

밤이 지나지 않고 새벽이 올 때
어머니를 땅에 묻고 산을 내려올 때

스스로 사랑이라고 부르던 것들이
모든 증오일 때

사람들은 때때로
수평선 밖으로 뛰어내린다

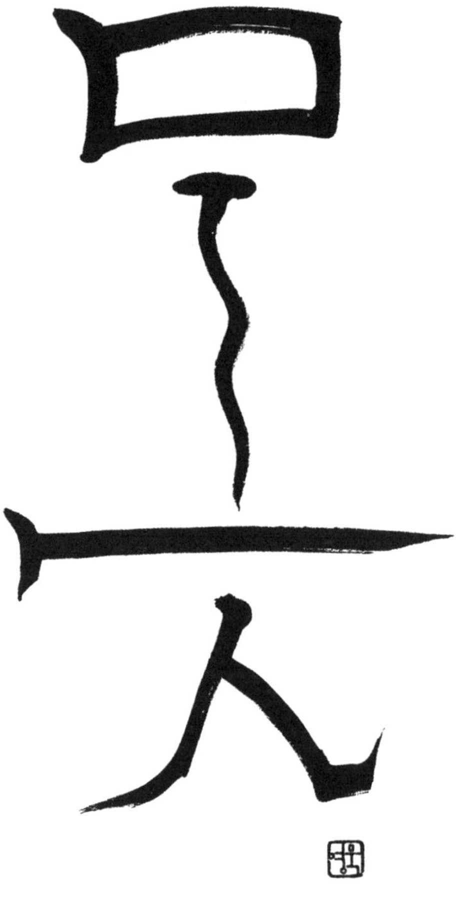

뇌경색으로 쓰러진 늙은 아버지
공중목욕탕으로 모시고가서
때밀이용 침상 위에 눕혀놓는다
구부러진 못이다 아버지도
때밀이 청년이 벌거벗은
아버지를 펴려고 해도
더이상 펴지지 않는다
아버지도 한때 벽에 박혀
녹이 슬도록
모든 무게를 견뎌냈으나
벽을 빠져나오면서 그만
구부러진 못이 되었다

정호승 시 못 중에서 영목쓰다

못

벽에 박아두었던 못을 뺀다
벽을 빠져나오면서 못이 구부러진다
구부러진 못을 그대로 둔다
구부러진 못을 망치로 억지로 펴서
다시 쾅쾅 벽에 못질하던 때가 있었으나
구부러진 못의 병들고 녹슨 가슴을
애써 헝겊으로 닦아놓는다
뇌경색으로 쓰러진 늙은 아버지
공중목욕탕으로 모시고가서
때밀이용 침상 위에 눕혀놓는다
구부러진 못이다 아버지도
때밀이 청년이 벌거벗은 아버지를 펴려고 해도
더이상 펴지지 않는다
아버지도 한때 벽에 박혀 녹이 슬도록
모든 무게를 견뎌냈으나
벽을 빠져나오면서 그만
구부러진 못이 되었다

밥상 앞에
무릎을 꿇지 말 것
눈물로 만든 밥보다
모래로 만든 밥을
먼저 먹을 것

무엇보다도
전시된 밥은 먹지 말 것
먹더라도 혼자 먹을 것
아니면 차라리 굶을 것
굶어서 가벼워질 것

때때로
바람 부는 날이면
풀잎을 햇살에 비벼 먹을 것
그래도 배가 고프면
입을 없앨 것

정호승 시 밥 먹는 법을 옮겨 썼다

밥 먹는 법

밥상 앞에
무릎을 꿇지 말 것
눈물로 만든 밥보다
모래로 만든 밥을 먼저 먹을 것

무엇보다도
전시된 밥은 먹지 말 것
먹더라도 혼자 먹을 것
아니면 차라리 굶을 것
굶어서 가벼워질 것

때때로
바람 부는 날이면
풀잎을 햇살에 비벼 먹을 것
그래도 배가 고프면
입을 없앨 것

정호승 산문

시와 시인에 대한 몇 가지 생각

1.

'사람은 누구나 다 시인이다.
사람의 가슴속에는 누구나 다 시가 들어 있다.
그 시를 내가 대신해서 쓸 뿐이다.'

나는 시를 쓸 때마다 이런 생각을 한다.
누구나 다 나와 똑같은 시인인데, 다른 사람들이 생업에 바빠
시를 쓰지 않기 때문에 내가 대신해서 쓸 뿐이라고 생각한다.
봄날에 피는 한 송이 꽃, 온 세상을 하얗게 덮어버리는
첫눈을 보고 인간이라면 누구나 다 아름다운 감동을 느낀다.
봄날에 핀 꽃을 보고 불쾌해하거나 내리는 첫눈을 보고
기분 나빠 하는 사람이 어디 있을까. 사물과 사물의 현상을
보고 아름다움을 느끼는 서정의 마음, 그것이 바로
시인의 마음이다.

2.

시에 있어서 서정이란 물과 같다.

우리가 밥을 할 때 밥솥에 쌀을 넣는다. 그리고 물을 붓는다.

그 물이 바로 서정이다.

물을 붓지 않고는 밥을 지을 수 없듯이 서정의 물기 없이는

시가 완성될 수 없다. 시에 있어서 서정은 생명과 같다.

3.

내가 밥을 할 때 물을 붓지 않고 전원을 연결시킨다면

밥이 되고 싶은 쌀은 그 얼마나 고통스러울 것인가.

그래서 시는 지금까지 내가 밥을 할 때마다 물이 되어주었다.

내가 지금껏 밥을 먹고 살 수 있었던 것은 물이 되어준

바로 그 시 때문이다. 이제 내게 남은 일은 인간으로서

또 시인으로서 밥값을 해야 하는 일이다.

그것은 이 지상을 떠날 때까지 계속 시를 쓰는 일이다.

4.

시는 인간을 이해하게 해준다.

시는 인간과 자연을 이해하게 해주는 그 무엇이다.

인간이 이루는 삶의 비밀이나 비의秘義를 자기만의 눈으로

발견하고 고뇌하고 이해하고, 그것을 바탕으로 진정성이라는 쌀을 가지고 시의 밥을 안치는 일이다.
밥을 안치되 밥이 잘될 수 있도록 뜸도 들일 줄 알아야 한다.
그리하여 그 밥을 통해 인간의 사랑과 고통을 이해하고 인간을 위안해주는 것이다. 배고플 때 먹은 밥이 인간의 육체에 안식을 주듯 시는 목마른 인간의 영혼에 위안을 준다.

5.

나는 분노보다 상처 때문에 시를 쓴다.
상처보다 그 상처에서 오는 고통 때문에 시를 쓴다.
기쁨보다 슬픔 때문에, 햇빛보다는 그늘 때문에 시를 쓴다.
상처 없는 사람은 결코 먼 길을 떠날 수 없고, 이미 먼 길을 떠난 사람에겐 그 상처가 오히려 힘이 된다.
나는 지금껏 그 상처와 고통의 힘으로 시의 길을 걸어왔다.
세상에는 가도 되고 안 가도 되는 길이 있지만 꼭 가야 할 길이 있다. 나에게 그것은 시의 길이다.

6.

시를 쓰지 않는 내 삶은 상상할 수 없다.
만일 시가 없었다면 내 삶은 참으로 초라했을 것이다.
내 삶의 비극과 고통을, 절망과 분노를 외롭게 부여안고
비굴하게 나동그라지고 말았을 것이다.
그나마 시가 있었기 때문에 지금도 내 삶은 존재한다.
시인에게 시는 모태이며, 생명이며, 삶의 전부다.
시가 배불리 밥을 먹여주는 것은 아니지만 가장 순수한 피와
살이 되어 내 영혼을 맑게 해주는 것만은 자명하다.

7.

나는 연꽃 같은 시를 쓰고 싶다.
연꽃이 피어나기 위해서는 반드시 진흙이 필요하다.
지상의 맨땅에 피어나는 연꽃은 없다. 연꽃은 반드시 더러운
진흙탕 물에 뿌리를 내려 맑고 순결한 꽃을 피운다.
연꽃에게 있어 진흙은 연꽃의 고통이다. 나도 시인으로서
아름다운 시의 연꽃을 피워 올리기 위해서는 진흙이라는
고통에 뿌리를 내리지 않을 수 없다.

8.

"시는 돈도 명예도 사랑도 아니다.
시는 살아가는 데는 식량이 되지 못해도 죽어가는 데는 위안이 된다."
시인 조병화趙炳華 스승께서 하신 말씀이다.
스승께서 왜 어떤 의미에서 그런 말씀을 하셨는지 나는 아직 이해하지 못한다.
시가 살아가는 데 식량이 되지 못한다는 점은 이해되지만, 죽어가는 데 위안이 된다는 점은 아직 이해하기 어렵다.
그러나 "시인은 눈물 젖은 빵을 먹는 사람"이라는 데에서, 또 "가난하게 사는 것이 중요하지만 가난하게 죽는 것은 더 중요하다"는 점에서 스승의 말씀을 가슴으로 이해할 수 있을 것 같다.

9.

"시는 좋은 주장을 하는 곳이 아니라, 구체적인 체험의 공간으로 독자를 안내하여 그 주장을 느끼게 하는 곳이다."
문학평론가 김현金炫 선생께서 남기신 말씀이다.
나는 이 말씀을 잊지 않으려고 늘 노력해왔다.
결국 내 시는 내 삶의 정신적 육체적 공간적 시간적 체험의 소산이다. 그동안 내 시가 윤리와 도덕의 주장, 희망과 사랑의 주장이 되지 않도록 노력해왔으나, 시는 되지 않고 '좋은 주장'만 되풀이되는 경우가 많았다.
이제라도 시를 통하여 구체적인 삶의 체험의 공간 속으로 독자를 안내하는 길라잡이 역할만이라도 할 수 있어야 한다.
그래야만 그 체험의 공간 속에서 꽃씨를 나누어주는 사람이 될 수 있지 않겠는가.
시인은 꽃을 받기보다 꽃씨를 나누어주는 사람이다.

10.
"시 한 행이 절 한 채보다 더 무겁다."
시인이자 백담사와 신흥사 회주이기도 한 조오현曺五鉉 스님의 말씀이다.
이 말씀은 시 한 행이 한 생生이라는 말씀이 아닐까.
시 한 행에 한 인간의 전 생애가 담겨 있다.
우리가 살아간다는 것은 어쩌면 절 한 채를 짓는 일이다.
그런데 나는 절을 지었다가 자꾸 부수어버린다.
내 손으로 부술 때도 있고, 남이 부술 때도 있고, 아무도 부수지 않는데 저절로 부서지는 경우도 있다.
내가 부수려고 하지 않았는데 저절로 부서질 때는 내 인생의 운명의 힘이 그 절을 부수는 것이므로 그대로 받아들인다.

11.

“시를 읽어도 세월은 가고, 시를 읽지 않아도 세월은 간다. 그러나 시를 읽으며 세월을 보낸 사람에 비해 시를 읽지 않고 세월을 보낸 사람은 불행하다.”
문우 황지우黃芝雨 시인의 말이다.
나는 가끔 이 말을 패러디해서 이런 생각을 한다.
“시를 써도 세월은 가고, 시를 쓰지 않아도 세월은 간다. 그러나 시를 쓰며 세월을 보낸 사람에 비해 시를 쓰지 않고 세월을 보낸 사람은 불행하다.”
물론 나의 이러한 생각이 모든 사람에게 해당되는 게 아니라 시인인 나에게만 해당되는 말이다. 나는 시를 쓰지 않고 세월을 보낸 불행한 시인이 되고 싶지는 않다. 그러려면 시인만이 지니는 존재적 가치관이 필요하다.

12.

시인은 평균적 가치관에 의존해서 사는 존재는 아니다.
시인에게는 평균적 가치관에 저항하는 다소 고독한 가치관이 필요하다. 남이 사는 대로 살면 시인이 될 수 없다.

남이 사는 대로 살려면 돈과 권력과 명예라는 장식이 필요하다. 그러나 시는 삶의 장식이 아니다. 사람이 나이가 들어 장식이 많으면 좀 추해 보인다.
나는 시가 내 인생의 장식이 되지 않도록 노력해야 한다. 살아간다는 일이 현세적인 무엇을 이루는 일이 아니듯, 시 또한 무엇을 이루는 것은 아니다. 나는 시로서 현실적인 무엇을 이룰 생각은 없다.

13.

나는 아직 시가 무엇인지 모른다.
한때는 시가 무엇인지도 모르면서 시를 쓴다는 절망감에 빠지기도 하고, 시가 무엇인지 좀 알고 쓰면 좋겠다는 열망감에 사로잡힌 적도 있다. 그러나 지금은 그렇지 않다. 모른다는 것은 이 얼마나 다행한 일인가. 나는 지금 모르기 때문에 시를 쓸 수 있다. 만일 시가 무엇인지 알고 있다면 (영원히 알 수 없지만) 지금쯤 나는 시를 쓰지 못할 것이다. 그것은 마치 내가 사랑이 무엇인지 모르기 때문에 사랑하고 사랑받을 수 있는 것과 같다. 만일 사랑이 무엇인지 알고 그 앎을 실천해야 한다면, 내가 그 누구를 사랑할 수 있고, 또 그 누구한테 사랑받을 수 있을 것인가.

14.

시를 모른다는 것은 참으로 다행스럽고
평화스러운 일이다. 나는 앞으로 시가 무엇인지 알려고
노력하는 일을 게을리 할 것이다.
시에 대한 수많은 정의에 대해 궁금해하는 일에 대해서도
지극히 게으름을 피울 것이다. 또 시를 어떻게 써야
가장 바람직한 것인가 하는 문제에 대해서도 노력을 태만히
할 것이다. 그냥 쓰고 싶은 대로 쓸 것이다.
내 인생이 무엇인지 모르기 때문에 모르는 대로 최선을 다해
사는 것처럼, 시 또한 모르는 대로 최선을 다해 쓸 것이다.
그것만이 시에 대한 존경과 흠모와 진실을 다하는 일이다.

15.

지금 잃어버린 동심을 찾아야 한다.
거리에서 혹은 아파트 마당에서 물끄러미 어린아이들을
바라볼 때마다 그런 생각은 더 깊어진다.
아이들은 허명虛名에 매달리지 않는다. 아이들은 작고 맑은
영혼으로만 존재한다. 내 비록 육체는 이미 아이가 될 수 없다
하더라도 시를 생각하는 영혼만은 아이와 같은 자연의 영혼을
지닐 수 있어야 한다. 그래야 자연을 인간처럼 이해하고

인간을 자연처럼 이해하는 시인이 될 수 있지 않을까. 아니다. 이것 또한 허욕이다. 시가 무엇인지 모르듯 시인의 영혼 또한 어떠해야 하는지 모르는 것이 더 낫다. 내가 알고 있는 것은 내가 모른다는 것을 알고 있다는 것뿐이다.

16.

시는 잘 쓰려고 노력한다고 해서 잘 써지는 게 아니다. 물론 시도 끊임없이 노력하는 가운데서 형성되는 것이지만, 어떤 의미에서는 노력한다고 해서 그 노력만큼 결실이 맺어지는 것은 아니다. 이제 시는 나에게 노력이라는 형식의 밖에 있다. 시는 운명이라는 미지의 진리 속에 있다.
시는 어쩌면 먼 진리의 길인지도 모른다.

17.

그동안 나는 노력이라는 미명하에 시를 장인匠人처럼 매만지고 만드는 일에 몰두해왔다. 그것은 내 가슴속에 물이 흐르지 않았기 때문이다. 물이라는 존재 자체가 고갈돼 있는데도 억지로 물리력을 동원해서라도 물을 흐르게 하려고 노력해왔기 때문이다.
그러니 내 시의 강이 아름다울 리 있겠는가. 가물어 물이 흐르지 않는다고 해서 어느 계곡이, 어느 강이 억지로 물을 흐르게 하던가. 물이 흐를 때까지 그냥 기다리지 않던가. 시도 마찬가지다. 기다릴 줄 알아야 사랑을 얻을 수 있듯이, 시 또한 기다릴 줄 알아야 얻을 수 있다.

18.

어떤 자리에 앉을 때 가능한 한 창을 등지고 앉는다. 창이 통유리로 돼 있어서 바깥 풍경이 훤히 내다보일 때는 더욱 그러하다. 왜냐하면 창밖 풍경이 나의 배경이 될 수 있기 때문이다. 마주 앉은 상대방이 나를 바라봤을 때 자연히 창밖 풍경을 배경으로 하고 있는 나를 보게 된다. 그럴 경우, 나라는 인간이 아름답지 않는 존재라 할지라도 나의 배경이 되어준 그 풍경 때문에 내가 아름다운 존재가 될 수 있다. 누가 "지금 창밖에 눈 내려요!" 하고 말했을 때, 펑펑 쏟아지는 함박눈을 배경으로 앉아있는 나는 그 얼마나 아름다운 존재인가. 이렇게 나의 배경이 되어주는 창밖 풍경, 그것이 바로 나의 시다. 시는 내 삶의 그러한 배경이다. 지금까지 살아오는 동안 내 삶의 배경이 되어준 시가 없었더라면 내 삶은 아름다움을 잃고 무미건조했을 것이다.

19.

시의 배경은 침묵이다. 시는 침묵으로 이루어진다.
시에 있어서는 침묵의 가치가 중요하다. 그래서인지 갈수록
내 시가 짧아진다. 인생이 짧은데 어떻게 시가 길어질 수
있으랴. 말 없는 말이 더 중요하다. 서로 사랑하는 사람들은
사랑한다는 말을 하지 않아도 서로 사랑한다는 사실을
잘 안다. 시는 말 없는 말이다. 언어 없는 언어다.

20.

사랑은 하되 사랑에 얽매이지 말라고 했다.
열심히 시를 쓰되 시에 얽매이지는 말아야 한다.
물새는 물에 젖지 않고 물에 뛰어든다. 나는 시를 쓰는 물새가
되어 물에 뛰어들다가 그만 물에 젖어버려도 좋다. 물에 젖지
않고 물에 뛰어드는 물새만큼 높은 경지에 이르지 못하면
어떤가. 그래도 물새는 물새다.

21.

시는 어머니와 같다. 내가 죽어갈 때까지 내 상처와
고통을 치유해주는 어머니의 따스한 위안의 손길과 같다.
내가 그 무엇을 잘못하든 어머니는 아무런 조건 없이 나를

용서하고 받아주셨다.

22.

아무것도 믿지 않으면 신도 등을 돌린다고 한다.
나는 문학을 믿고 시를 믿는다. 시가 나를 위로하고 이웃을 위안하고 모든 가난한 인간의 마음을 어머니처럼 다독거려 줄 것이라고 믿는다.

뜻 문자, 한글을 생각합니다

강병인

시인의 시를 글씨로 옮기면서 한글을 생각해 봅니다. 글 모르는 일반 백성들을 위해 만든 한글은 쉽게 배우고 쓸 수 있으면서도 매우 뛰어난 소리 문자입니다. 그런데 과연 한글은 소리 문자의 기능만 가지고 있을까요.

봄, 꽃, 똥, 칼, 놀자, 봄날, 햇살 등 순우리말들을 소리 내어 읽어 보면 소리와 글자가 다르지 않습니다. 한글은 우리말을 문자화했기 때문입니다. '봄'이라는 글자는 땅에서 싹이 나고 자라 가지를 뻗고 마침내 꽃이 피는 모습을 표현했습니다. '바람'은 불어오는 느낌을 담아 썼습니다. 그러다 보니 그림이지 글씨가 아니라고들 했습니다. 더군다나 한글은 소리 문자인데, 어떻게 한자와 같은 뜻 문자나 상형문자의 기능을 가질 수 있는지 의아해했습니다.

훈민정음 해례본에 나타난 핵심적인 제자원리를 살펴보면, 한글이 소리 문자와 뜻 문자의 기능을 모두 갖추고 있음을 알 수 있습니다. 한글 제자원리의 핵심이 되는 천인지天人地와 합자, 그리고 순환의 원리를 통해 '소리 문자와 뜻 문자로서의 한글'에 대해 이야기하고자 합니다. 자음을 만드는 원리인 발성 기관의 시각화는 많이 알려져 있으므로 설명을 보태지는 않겠습니다.

첫 번째는 글자의 바탕, 운영의 체계가 되는 천인지입니다

한글은 글자의 바탕을 천인지로 삼았습니다. 소리를 하늘과 땅, 사람으로 나눈 체계입니다. 〈표1〉처럼 '한'이라는 글자에서 ㅎ은 하늘(초성)이고 끝소리 ㄴ은 땅(종성)이며 첫소리와 끝소리를 어울려 주는 ㅏ는 사람(중성)으로 나누고 합해서 소리가 나고 글자가 되게 했습니다. 이러한 체계system는 사실 그 어떤 문자에도 없는 운영원리입니다. 상형문자의 전형인 한자에도 이러한 체계는 없습니다. '주춧돌초礎'는 한자를 만드는 육서법 중에서도 회의문자로 '돌석石', '수풀림林', '짝필疋'을 모아 만든 문자입니다. 아무리 해체를 해도 한글과 같은 체계는 존재하지 않습니다. 다만 자연과 인간의 형상을 문자화했다는 점에서 하나의 공통점이 있을 뿐입니다. 소리를 하늘과 땅, 사람으로 나누고 합하는 원리 역시 세상에 없는 원리입니다. 반드시 '모아 써야 만 소리가 나고 문자가 된다'는 변할 수 없는 규칙은 무엇보다 한글의 입체성, 예술성이 드러나는 지점입니다.

두 번째는 모음을 만드는 순환의 원리입니다

천인지는 다시 모음을 만드는 원리로 작용합니다. 먼저 모음을 이루는 형태는 둥근 하늘(•)과 평평한 땅(ㅡ), 그리고 서있는 사람(ㅣ)의 모습을 상형했다고 했습니다. 〈표1〉처럼 ㅓ가 ㅗ가 될 때 음의 소리에서 양의 소리로 바뀌면서 모음을 만듭니다.

〈표1〉 천인지와 합자의 원리

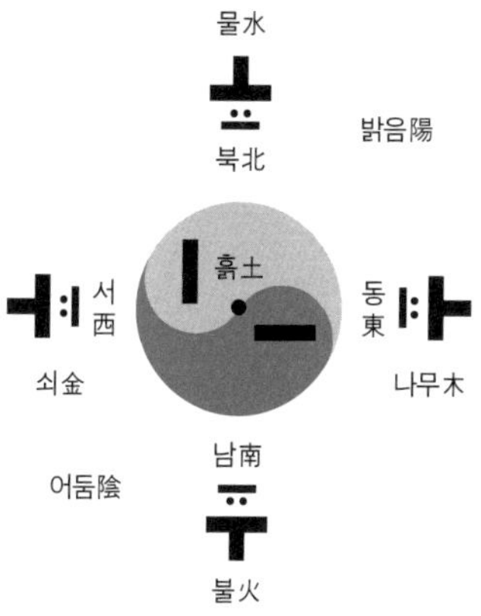

〈표2〉 훈민정음 해례본에 나타난 음양오행과 순환의 원리

이때 세상의 모든 소리를 쉽게 적을 수 있는 원리가 음양의 변화, 바로 〈표2〉의 순환의 원리입니다. 사계절의 변화가 모음을 만드는 근본 바탕이 된 것이며, 이 순환의 원리에 한글이 소리 문자의 기능과 뜻 문자의 기능을 모두 갖춘 문자임이 드러납니다.

먼저 엉엉앙앙, 옹옹웅웅, 실실슬슬, 꼬불꼬불, 꾸불꾸불처럼 순환의 원리로 세상의 모든 소리를 쉽게 적게 했으니, 발성 기관의 상형화 못지않은 소리 문자의 자질이 드러납니다. 더불어 이 순환의 원리는 자연의 변화와 인간의 삶, 희로애락 등의 표현마저 자연스럽습니다. ㅓ는 들어오는 기운, ㅏ는 뻗어나가는 기운, ㅗ는 올라가는 기운, ㅜ는 내려가는 기운, ㅡ와 ㅣ는 멈추고 서는 기운을 나타내며 뜻 문자의 자질이 나타납니다.

모음 ㅗ는 원래 하늘을 상징하는 •과 ㅡ가 만나 이루어진 것입니다. 이때 •은 선으로 변했습니다. 이 선의 '길이 변화'를 통해 〈글씨1〉처럼 기운이 솟아나고 뻗어나가는 것이 자연스럽습니다. '솟'자의 솟아오르는 모음 ㅗ를 90도 회전시켜 뻗어나가는 기운을 담은 '다'자의 모음 ㅏ를 만들었습니다.

〈글씨2〉처럼 ㅓ의 가로획과 ㅜ의 세로획의 변화를 통해 소리의 길이마저 쉽게 보이게 하고 들리게 합니다.

또한 〈글씨3〉처럼 '얼쑤좋다'에서 모음의 구조는 ㅓㅜㅗㅏ입니다. '들어오고 내려가고 올라가고 마침내 뻗어나가는 기운과 우리네 삶의 흥'을 자연스레 표현합니다. 〈글씨4〉에서는 소나무의 씨앗이 땅에서 싹이 나고 자라며 마침내 아름드리 소나

〈글씨1〉 솟다, 솟아나고 뻗어나가는 기운의 표현, 강병인 作

〈글씨2〉 소리의 길이 표현, 강병인 作

〈글씨3〉 ㅓ ㅜ ㅗ ㅏ 의 구조 속에 드러나는 흥겨움, 강병인 作

〈글씨4〉 모음 ㅗ 세로획의 변화로 소나무가 자라는 시간, 강병인 作

무가 되는 과정도 모음 ㅗ의 세로획의 길이 변화를 통해 나타납니다.

소리 문자를 넘어 뜻 문자 한글을 이야기하자

우리가 살아가면서 내는 소리나 마음, 흥겨움, 슬픔, 솟아오르고 뻗어나가는 기운, 태어나 자라고 다시 자연으로 돌아가는 순환의 과정을 이렇게 쉽게 표현할 수 있는 문자는 많지 않습니다. 그것도 '솟다'와 '솔'처럼 형태만이 아니라 하늘과 땅, 사람이라는 체계를 만들고 자연과 인간의 삶의 변화를 모음의 회전, 즉 순환하면서 글이 가진 뜻과 소리를 자연스럽게 표현할 수 있으니, 참으로 놀라운 문자라 말할 수 있습니다. 특히 중성 모음이 뚜렷한 형태를 가졌다는 점도 매우 독창적인 문자임을 말해 주고 있습니다. '뜻 문자 한글'에 대한 고민의 출발은 "이 스물여덟 자를 가지고도 전환이 무궁하다"는 훈민정음 해례본의 정인지 서문 때문이었습니다. 우리 스스로 소리 문자로 가두어 두고서는 한글의 확장성을 기대할 수는 없기 때문입니다.

한글 제자원리와 붓의 만남, 글이 가진 뜻을 오롯이 하다

'강병인 쓰다'에 사용된 도구는 모두 붓입니다. 동양의 서예는 모필이 가진 탄력을 이용한 글쓰기입니다. 그래서 서예는 소리가 없으면서도 음악적인 리듬이 있고, 빛깔이 없으면서도 그림이 가지는 현란한 색채감을 느끼게 한다고 합니다. 시를 글씨로 옮겨 책을 내기로 생각한 이유이기도 합니다. 보이지 않는 슬픔과 기쁨, 삶의 희로애락을 붓이라는 도구를 통해 보여주자는 생각이었습니다. 어쩌면 심상心象을 세우는 일이기도 합니다. 그러한 과정에서 한글이 만들어진 원리는 붓이라는 도구 못지않게 시어들 속에 숨어있는 보이지 않는 소리, 보이지 않는 마음, 보이지 않는 시간들을 보다 쉽게 보여주고 들리게 하는 소중한 역할을 했습니다. 그렇다고 모든 글씨가 이러한 바탕으로 쓴 것은 아닙니다. 그것은 또 하나의 속박이 될 테니 말입니다.

강병인

1962년 경남 합천에서 태어나, 초등학교 6학년 때부터 한글 서예를 시작하고, 홍익대학교 산업미술대학원을 졸업했다. 90년대 말부터 서예와 디자인을 접목한 멋글씨, 캘리그래피를 개척하여 융합과 전통의 현대적 재해석을 통해 한글글꼴의 다양성과 아름다움을 알리고 있다. 한글의 창제원리를 작품 철학으로 삼아 자연과 더불어 살아가는 우리네 삶과 소리를 담아낸 글씨를 선보이며, 소리 문자를 넘어선 뜻 문자와 한글의 가치에 대해 이야기하고 있다.

3·1운동 100주년 기념 〈독립열사 말씀, 글씨로 보다〉 순회전 등 16회의 개인전을 개최하고, 국립현대미술관 〈미술관에 書 : 한국 근현대 서예전〉 등 130여 회의 그룹전에 참가했다. 저서로 『글씨 하나 피었네』, 어린이 그림책 『한글꽃이 피었습니다』 외 다수의 공저가 있다.

한글의 디자인적 가치와 예술적 가치를 확장해온 노력을 인정받아 2009년 한국출판인회의 선정 올해의 출판디자이너상을 수상하고, 2012년 대한민국디자인대상 은탑산업훈장을 수훈했다.